CATALOGUE

DES

DESSINS

ANCIENS & MODERNES

PAR

BOUCHER, BOUDIN, CONSTABLE, DELACROIX, DUMONSTIER,
DURER, VAN DYCK, FRAGONARD, VAN GOYEN, INGRES,
LAGNEAU, LANCRET, MENZEL, MERYON, MILLET,
MOLYN, NICOLLE, A. van OSTADE, ROUSSEAU,
RUBENS, RUISDAEL, TERBURG, A. VEROCCHIO,
A. VOLLON, WATTEAU, etc.

PEINTURE PAR B. LÉPICIÉ

Dont la vente aura lieu

à Paris, HOTEL DROUOT, Salle N° 7

Le Mercredi 27 Janvier 1909

à 2 heures précises

Par le Ministère de M° ANDRÉ DESVOUGES,

COMMISSAIRE-PRISEUR

26, Rue de la Grange-Batelière

Assisté de M. LOYS DELTEIL, Artiste-Graveur, Expert

2, Rue des Beaux-Arts

EXPOSITION PUBLIQUE

Hôtel Drouot, Salle n° 7, le Mardi 26 Janvier 1909

CONDITIONS DE LA VENTE

Elle sera faite au comptant.

Les adjudicataires paieront *dix pour cent* en sus des enchères.

M. Loys Delteil remplira les commissions que voudront bien lui confier les amateurs ne pouvant y assister.

MM. les amateurs pourront visiter la collection, 2, *rue des Beaux-Arts*, du Jeudi 21 au Lundi 25 Janvier 1909, de 2 heures à 5 heures, le *Dimanche excepté*.

Exposition Publique, Hôtel Drouot, Salle n° 7, le *Mardi 26 janvier 1909, de 2 heures à 6 heures.*

27 Janvier 1909

Vente du Mercredi 27 Janvier 1909

HOTEL DROUOT — SALLE N° 7

N° 18 du Catalogue

DESSINS
ANCIENS & MODERNES

PEINTURE PAR B. LÉPICIÉ

M° ANDRÉ DESVOUGES
26, Rue de la Grange-Batelière

M. LOYS DELTEIL
2, Rue des Beaux-Arts

N° .. du Catalogue

DÉSIGNATION

ANDREA DEL SARTO (École d')

1. Deux personnages conversant. Crayon et lavis. Cachet de collection. Cadre ancien en bois sculpté et doré.

H. 0,09. L. 0,14.

BACKUISEN (Ludolf)

2. Marine par un beau temps. A la plume, lavé d'encre de chine. Signé et daté.

H. 0,28. L. 0,36.

BAUDRY (Paul)

3. Étude d'homme nu, pour le *Plafond du Foyer de l'Opéra*. Au crayon noir.

H. 0,46. L. 0,25.

BERGHEM (Nicolas)

4. Le Passage du gué. Au crayon noir, rehauts de blanc.

H. 0,25. L. 0,36.

BERGHEM (attribué à N.)

4 *bis*. Brebis et agneaux. Au crayon noir. Cadre ancien.

H. 0,13. L. 0,19.

BOL (attribué à Ferdinand)

5. La Perception de l'Impôt. A la plume, lavé de sépia.

H. 0,17. L. 0,26.

BOTH (Andries)

6. Les Gueux. A la plume, lavé de bistre. Cachets de collections.

H. 0,14. L. 0,29.

BOTH (Jan)

7. Paysage. A l'encre de chine et bistre.

H. 0,30. L. 0,25.

BOUCHER (François)

8. Étude de Triton. Au crayon noir, rehaussé de blanc. Cadre époque Louis XVI, bois doré.

H. 0,26. L. 0,35.

BOUCHOT (François)

9. Étude d'homme, pour son tableau du *18 Brumaire*. Au crayon noir.

H. 0,32. L. 0,24.

BOUDIN (Eugène)

10. La Plage de Trouville. Aquarelle.
H. 0,17. L. 0,26.

11. Sur la Plage. Deux feuilles d'études à l'aquarelle dans un même cadre.

12. Parisienne sur la Plage de Trouville. Aquarelle.
H. 0,13. L. 0,15.

13 Enfants et baigneuses sur la plage de Trouville. Deux feuilles d'études à l'aquarelle, dans le même cadre.

14. Ciel nuageux. Étude au pastel.
H. 0,14. L. 0,21.

15. Étude de ciel. Pastel.
H. 0,21. L. 0,28.

BUTIN (Ulysse)

16. Portrait de jeune Pêcheur. Au crayon noir.
H. 0,32. L. 0.23.

CARESME (attribué à Philippe)

17. Bacchanale. A la plume.
H. 0,16. L. 0,24.

CHAVANNES (P. Puvis de)

18. Etude d'Homme nu. Au crayon noir.
H. 0,31. L. 0,14.

CLODION (Michel)

19. Faune ivre. A la sanguine, rehauts de blanc.
H. 0,31. L. 0,22.

COCHIN FILS (Ch. Nic.)

20. Encadrement. Au crayon noir. Signé. A été gravé par R. Gaillard.
H. 0,44. L. 0,32.

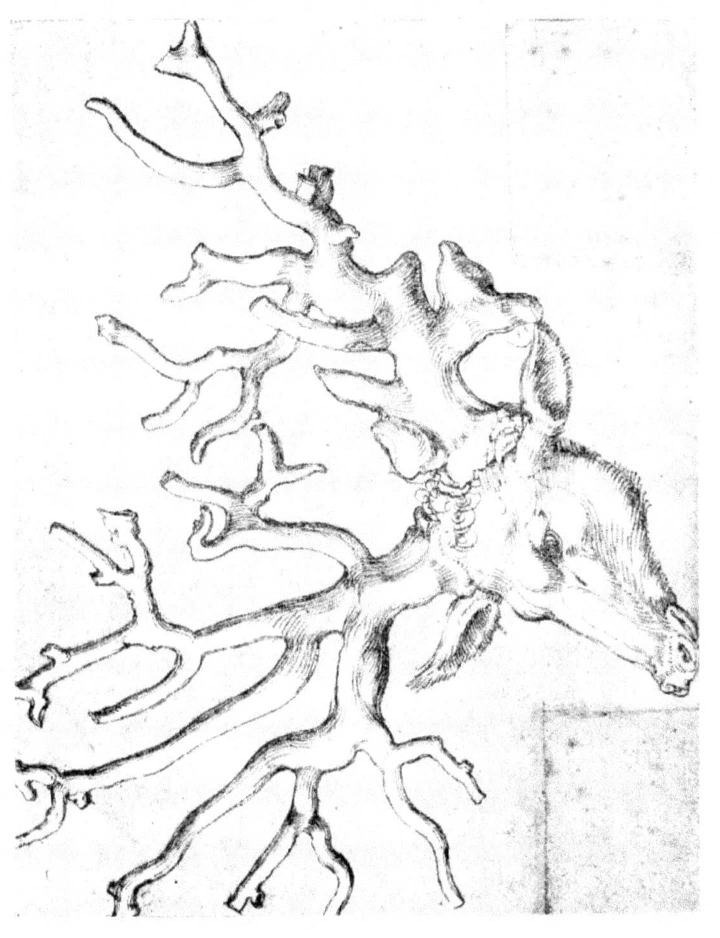

CONSTABLE (John)

21. Moulin à eau. Étude au crayon noir.

H. 0,21. L. 0,28.

COROT (J.-B. Camille)

22. Étude d'un arbre abattu. A la plume. Cachet de la vente du maître. Collection Robaut.

H. 0,25. L. 0,38.

CORREGE (Ant. Allegri, dit le)

23. Études de têtes. A la sanguine. Cadre ancien en ébène.

H. 0,11. L. 0,16.

CUYP (attribué à Alb.)

24. Paysage. Au crayon noir.

H. 0,19. L. 0,27.

DECAMPS (A. Gabriel)

25. Personnage oriental. Bistre, avec rehauts de couleurs.

H. 0,10. L. 0,07.

DELACROIX (Eugène)

26. Jésus au jardin des Oliviers. Aquarelle. Collections Choquet et Chéramy.

H. 0,24. L. 0,20.

27. Lion et Lionne. A la plume. Cachet de la vente.

H. 0,16. L. 0,22.

DETHOMAS (Maxime)

28. L'Homme à la montre. Au crayon noir, rehauts de couleurs.

H. 0,54. L. 0,35.

N° 75 du Catalogue.

DOOMER (Jakob)

29. Paysage accidenté. Au crayon noir, rehaussé
d'aquarelle.

H. 0,21. L. 0,36.

DOW (Gérard)

30. Portrait de Femme âgée. Crayon et sanguine. Cachet de collection.

H. 0,08. L. 0,11.

100

DROST (Cornélis)

31. Paysanne regardant en l'air. A la sanguine. Cachet de collection.

H. 0,12. L. 0,17.

DUGOURD (J. D.)

31 *bis*. Frontispice. A l'encre de chine.

H. 0,12. L. 0,28.

115

DUMONSTIER (Daniel)

32. Le Duc de Rohan. Aux trois crayons. Signé : *Faict, ce 4 novembre 1634 pour et par D. Dumonstiers.*

H. 0,44. L. 0,35.

325

DURER (Albrecht)

33. Tête de cerf. A la plume.

H. 0,23. L. 0,30.

100

DURER (Ecole de)

34. Personnage tenant un soufflet : au verso, étude de draperie.

H. 0,26. L. 0,19.

50

DUSART (Cornelis)

35. Scène de cabaret. Au crayon noir, sur vélin. Signé et daté. Beau cadre ancien, en bois sculpté et doré.

H. 0,21. L. 0,26.

290

DYCK (Ant. von)

36. Scène de Triomphe. Grisaille. Collection Gasc.

H. 0,21. L. 0,30.

200

115

37. La Mise au Tombeau. A la pierre noire. Cadre ancien en ébène.

H. 0,23. L. 0,23.

DYCK (attribué à Ant. van)

130

38. Un Faune. A la pierre noire. Cachet de collection. Cadre époque Louis XVI, bois sculpté et doré.

H. 0,17. L. 0,27.

ECOLE FRANÇAISE (xviii° siècle)

180

39. Vue d'un Parc avec rotonde. Au crayon noir.

H. 0,14. L. 0,20.

255

40. Un clair de lune au bord de l'eau. Gouache. Cadre Louis XVI, bois sculpté et doré.

H. 0,12. L. 0,16.

210

41. Scène mythologique. Grisaille.

H. 0,30. L. 0,40.

42. Eole. A la sanguine.

H. 0,21. L. 0,29.

ÉCOLE FLAMANDE (xv° siècle)

110

43. Femme en méditation. A la plume, avec lavis. Cachet de collection. Cadre ancien en ébène.

H. 0,11. L. 0,14.

ÉCOLE HOLLANDAISE (xvii° siècle)

44. La Leçon de musique. A la sépia.

H. 0,28. L. 0,19.

45. Un Intérieur. A l'encre de chine, rehauts d'aquarelle. Cachets de collections.

H. 0,37. L. 0,33.

ÉCOLE ITALIENNE (xv° siècle)

125

46. St-Jean Baptiste ? Miniature. Cadre ancien en ébène.

H. 0,15. L. 0,10.

Nᵒ 67 du Catalogue.

N° 69 du Catalogue.

ÉCOLE ITALIENNE (xvie siècle)

47. Lettre ornée. Miniature.

H. 0,19. L. 0,17.

48. La Vierge et l'Enfant-Jésus. A la plume, sur papier préparé.

H. 0,09. L. 0,08.

ÉCOLE FLORENTINE (xvie siècle)

49. Une Réunion de Docteurs. Bistre.

H. 0,17. L. 0,14.

FRAGONARD (Honoré)

50. Étude d'Homme nu, accroupi. Au crayon noir.

H. 0,22. L. 0,29.

51. Étude d'homme nu, assis. Au crayon noir.

H. 0,20. L. 0,31.

GÉRICAULT (J.-L. Théodore)

52. Charge de cavalerie. A la plume.

H. 0,17. L. 0,22.

53. Études de figures, pour le *Naufrage de la Méduse*. A la plume.

H. 0,10. L. 0,18.

GOLTZIUS (Henrich)

54. Femme debout. A l'encre de chine et bistre. Collection Robinson.

H. 0,24. L. 0,16.

GALL (Barend)

55. Paysage animé de figures. Au crayon noir et lavis. Signé des initiales.

H. 0,16. L. 0,28.

GOYEN (Jan van)

56. Le Vieux Château. Au crayon noir.

H. 0,10. L. 0,18.

Nº 78 du Catalogue.

290

57. Les Chanteurs ambulants. Crayon et lavis.
H. 0,11. L. 0,20.

400

58. La Halte devant l'hôtellerie. Crayon et lavis. Signé
et daté : 1653.
H. 0,12. L. 0,20.

450

59. Bords de la Meuse. Crayon et lavis. Signé et
daté : 1652. Cadre ancien.
H. 0,12. L. 0,19.

125

60. Bords d'un Canal en Hollande. A la mine de
plomb. Cadre ancien.
H. 0,12. L. 0,24.

100

61. Les Chaumières. Au crayon noir.
H. 0,12. L. 0,22.

295

62. Les Fours à chaux. Crayon noir et lavis.
H. 0,16. L. 0,27.

410

63. Bords de rivière. Crayon noir et lavis. Signé et
daté : 1652.
H. 0,12. L. 0,20.

520

64. La Fête de village. Crayon et lavis. Signé et daté :
1653. Collection Warneck.
H. 0,16. L. 0,27.

570

65. Entrée de village. Crayon et lavis. Signé et
daté : 1653. Collection Warneck.

480

66. Paysage avec moulin à vent. Crayon et lavis de
bistre. Signé et daté : 1651. Collection Warneck.
H. 0,12. L. 0,25.

555

67. Scène de Marché, à l'entrée d'un Pont. Crayon
noir et lavis. Signé et daté : 1654. Collection
Warneck.
H. 0,17. L. 0,27.

455

68. La Halte. Crayon noir et lavis. Signé et daté :
1653. Cadre Louis XVI, bois sculpté et doré.
H. 0,17. L. 0,27.

745

69. Ville Hollandaise au bord d'une rivière. Crayon
noir et lavis. Signé et daté : 1653. Collection
Klinkosh.
H. 0,17. L. 0,27.

70. Paysage avec Chaumière et personnages. Au crayon noir. Signé et daté : 1644. Cadre époque Louis XVI, bois sculpté et doré.

H. 0,15. L. 0,27.

71. Le Charriot. Au crayon noir. Cachet de collection. Cadre ancien en bois sculpté et doré.

H. 0,15. L. 0,22.

Nº 92 du Catalogue.

72. Les Grands arbres. Crayon et lavis.

H. 0,14. L. 0,19.

73. Les Vieilles maisons. Crayon et lavis. Signé et daté : 1653.

74. Marine : barques et chaumières dans le fond. Crayon et lavis. Signé et daté : 1651.

GRAVELOT (Hubert)

75. Le Marché aux Poissons. A la plume, rehauts d'encre de chine.

H. 0,09. L. 0,13.

HENNER (Jean-Jacques)

76. Figure de Femme nue. Au crayon noir, rehauts de blanc.

H. 0,18. L. 0,24.

HOGARTH (William)

77. Un Fumeur. A la plume.

H. 0,11. L. 0,07.

INGRES (J.-D.-A.)

78. Étude de Femme nue, assise. A la mine de plomb. Vente Ingres.

H. 0,32. L. 0,20.

79. Étude de Femme assise, les jambes allongées. Mine de plomb. A servi pour une des figures du *Bain Turc*.

H. 0,21. L. 0,32.

JARDIN (Karel du)

80. Les Muletiers. Au crayon noir. Cadre époque Louis XIII, bois sculpté et doré.

H. 0,16. L. 0,22.

LAGNEAU

81. « Un vieux Malin ». Crayon noir rehaussé de pastel.

H. 0,24. L. 0,19.

82. « Une vieille Maligne ». Crayon noir et sanguine.

H. 0,25. L. 0,20.

83. Un bon Bourgeois. Crayon noir rehaussé de pastel. Cadre en bois doré du XVI⁰ siècle.

H. 0,41. L. 0,21.

LANCRET (Nicolas)

84. Jeune Femme assise. Crayon avec rehauts de blanc.

H. 0,18. L. 0,14.

LARGILLIERRE (Nicolas de)

85. Etudes de draperies. Crayon noir avec rehauts de
blanc.

H. 0,28. L. 0,45.

N° 90 du Catalogue.

LECLERC (des Gobelins)

85 *bis*. Le Confessionnal. A la sanguine.

H. 0,19. L. 0,25.

LEGROS (Alphonse)

86. Portrait d'Homme, de profil. Au crayon noir.

H. 0,19. L. 0,15.

LÉPICIÉ (Nicolas-Bernard)

87. Portrait de Charles-Antoine Jombert. PEINTURE.
Signée et datée : 1771.

H. 0,45. L. 0,38.

LEYDE (attribué à Lucas de)

88. Tête de jeune Femme. A la pierre noire, rehaussé
de blanc, sur papier préparé. Cadre ancien en
ébène.

H. 0,12. L. 0,17.

89. Portrait d'un jeune Garçon. A la plume.

H. 0,14. L. 0,10.

LUYCKEN (Jan)

90. La Place Publique. Plume et encre de chine.
Cadre époque Louis XIV, bois sculpté et doré.

H. 0,13. L. 0,18.

MELLAN (Claude)

91. Portrait d'un Magistrat. Au crayon noir. Cadre
ancien, bois sculpté et doré.

H. 0,08. L. 0,10.

MENZEL (Adolf)

92. Un Paveur, étude pour le *Marché de Vérone*.
Mine de plomb.

H. 0,13. L. 0,21.

93. Etudes de mains, pour le *Marché de Vérone*. Mine
de plomb.

H. 0,18. L. 0,11.

94. Etude d'Homme tenant un bâton, pour le *Marché
de Vérone*. Mine de plomb.

H. 0,20. L. 0,13.

95. Etude d'un Garçon s'apprêtant à faire la roue, pour
le *Marché de Vérone*. Mine de plomb.

H. 0,12. L. 0,21.

MERYON (Charles)

96. Dessin d'une fenêtre ogivale de l'ancien collège
Henri IV. Mine de plomb. Autographe et signa-
ture du maître.

H. 0,14. L. 0,08.

N° 113 du Catalogue.

MILLET (J.-F.)

97. Bergère assise au pied d'un arbre. Crayon noir.

H. 0,12. L. 0,09.

98. Deux dessins à la sanguine, dans un même cadre.

99. Une Mendiante. Crayon noir.

H. 0,18. L. 0,10.

100. Etude de Femme nue. Crayon noir,

H. 0,11. L. 0,11.

MOLENAER (J.-M.)

101. Paysans attablés, buvant et fumant. Crayon noir.

H. 0,13. L. 0,17.

MOLYN (Peter)

100

102. La Chaumière. Crayon noir et lavis.

H. 0,15. L. 0,20.

241

103. L'Automne. Crayon noir et lavis. Signé et daté : 1655.

H. 0,14. L. 0,19.

104. Paysan poussant un traîneau. Crayon noir. Cadre ancien, bois sculpté et doré.

H. 0,68. L. 0,10.

236

105. Paysage avec figures. Crayon noir et lavis. Signé et daté : 1655. Cadre ancien, bois sculpté et doré.

H. 0,14. L. 0,19.

316

106. Le Détachement. Crayon noir et lavis. Signé.

H. 0,18. L. 0,26.

212

107. Le Vieux Pont de bois. Crayon et lavis. Signé. Cadre ancien, bois sculpté et doré.

H. 0,14. L. 0,19.

NEUVILLE (Alphonse de)

160

108. Cavaliers, gardes-françaises, etc. A la plume. Cachet de vente.

H. 0,15. L. 0,23.

NICOLLE (V.-J.)

85

109. Arc de Septime Sévère et Temple de Saturne. Aquarelle. Signée. Encadrée.

H. 0,21. L. 0,31.

110. Temple de la Fortune virile et Maison dite de Rienzi. Aquarelle. Signée. Encadrée.

H. 0,21. L. 0,31.

N° 110 du Catalogue.

350

111. Les Tours penchées de Bologne. Aquarelle. Signée. Encadrée.

> H. 0,21. L. 0,32.

112. Les Ruines au bord de la Mer. Aquarelle. Signée. Encadrée.

> H. 0,21. L. 0,31.

OSTADE (Adrian van)

113. Intérieur Hollandais. Crayon noir. Cadre époque Louis XVI, bois sculpté et doré.

> H. 0,17. L. 0,28.

400

Nᵒ 136 du Catalogue.

N° 158 du Catalogue.

215

114. Rue de village. Crayon noir, rehaussé d'aquarelle. Cachet de collection.

H. 0,18. L. 0,26.

500

115. Chaumière Hollandaise. Plume et aquarelle. Cadre époque Louis XIII, bois sculpté et doré.

H. 0,16. L. 0,23.

350

116. Intérieur de Cuisine. Bistre et encre de chine.

H. 0,18. L. 0,17.

90

117. La Mort du cochon. Plume et sépia.

H. 0,11. L. 0,20.

OSTADE (attribué à Isaac van)

157

118. La Rivière gelée. Crayon et lavis d'encre de chine.

H. 0,17. L. 0,27.

PATER (Jean-Baptiste)

255

119. Etude de draperies. — Jeune Femme assise. — Fragment de manteau, pour une figure d'homme debout. Sanguine, rehauts de blanc. Cadre époque Louis XVI, bois sculpté et doré.

H. 0,15. L. 0,22.

PISANELLO (attribué à)

305

120. Tête de Femme de profil, tournée vers la droite, portant la coiffure de l'époque. Crayon noir.

H. 0,15. L. 0,20.

POTTER (attribué à P.)

200

121. L'Abreuvoir. Crayon et lavis.

H. 0,19. L. 0,26.

PRIMATICE (le)

122. Figure de femme drapée. Plume et lavis, rehauts de blanc.

H. 0,23. L. 0,42.

N° 147 du Catalogue.

RAPHAEL (Ecole de)

123. La Vierge et l'Enfant-Jésus. A la plume, sur papier
préparé. Cadre ancien en ébène.

H. 0,12. L. 0,15.

REMBRANDT von RIJN (attribué à)

124. Le Portement de Croix. Bistre. Collection Moritz
de Fries.

H. 0,17. L. 0,27.

125. Tobie et l'Ange. Plume et sépia.

H. 0,15. L. 0,17.

Nº 143 du Catalogue.

550

N° 134 du Catalogue.

REMBRANDT (Ecole de)

126. David et Goliath. Bistre. Collection sir Joshua Reynolds.

H. 0,19. L. 0,30.

ROBERT (HUBERT)

127. Saint-Pierre de Rome et le Vatican. Aquarelle. Signée. Encadrée.

H. 0,28. L. 0,38.

128. Un lavoir à Rome. Plume et bistre.

H. 0,12. L. 0,17.

129. L'Allée ombreuse. Esquisse à l'aquarelle.

H. 0,16. L. 0,14.

ROGMAN (attribué à Hendrick)

130. Maisons au bord d'un Canal. Crayon et lavis.

H. 0,13. L. 0,18.

ROMAIN (Jules)

131. Etude de Jeune Pâtre, fragment d'un carton. Cadre ancien.

H. 0,42. L. 0,32.

ROPS (Félicien)

132. Vieille Femme assise. Crayon rehaussé de couleur.

H. 0,10. L. 0,14.

ROUSSEAU (Théodore)

133. La Plaine de Chailly. Crayon noir et lavis.

H. 0,11. L. 0,14.

134. Un Etang bordé d'arbres. Crayon noir.

H. 0,12. L. 0,17.

135. Lisière de Forêt. A la plume.

H. 0,09. L. 0,19.

RUBENS (P.-P.)

136. Etude de Moine. A l'encre de chine.

H. 0,30. L. 0,17.

137. Etude pour un Portrait d'Archiduc. Bistre.

H. 0,23. L. 0,15.

RUISDAEL (Jakob)

138. Village au bord d'une rivière. Crayon noir et lavis. Cadre ancien, bois sculpté et doré.

H. 0,16. L. 0,23.

SAINT-AUBIN (Augustin de)

139. Portrait de jeune Femme. Au crayon noir.

H. 0,16. L. 0,14.

SAINT-MARCEL (Edme)

140. Un Lion. A la sanguine.

H. 0,11. L. 0,17.

141. Lionne couchée. Aquarelle.

H. 0,16. L. 0,26.

SNYDERS (Frans)

142. Lionne attaquée par des Chiens. Dessin rehaussé d'aquarelle. Signée au verso. Cadre Louis XIII, bois sculpté et doré.

H. 0,27. L. 0,40.

TERBURG (Gérard)

143. Etudes de Têtes. Aux trois crayons. Collection Richardson.

H. 0,17. L. 0,26.

TITIEN (attribué au)

144. Paysage Italien. Plume et lavis. Cadre ancien, bois sculpté et doré.

H. 0,29. L. 0,39.

TROYON (Constant)

145. Le Troupeau de vaches. Crayon noir, rehauts de blanc.

H. 0,18. L. 0,26.

VELDE (Esaïas van de)

146. Porte de Ville et ruines avec figures. Plume et lavis.

H. 0, 2. L. 0,17.

VEROCCHIO (Andrea)

147. Le Baptème de Jésus-Christ. A la plume.

H. 0,22. L. 0,25.

VOLLON (Antoine)

148. Vase de Versailles. A la sanguine. Signé.

H. 0,28. L. 0,36.

149. Paysage. Crayon noir, rehauts de blanc.

150. Paysage. Crayon noir, rehauts de blanc.

151. Un Vieil Escalier. Aquarelle.

H. 0,38. L. 0,48.

WATTEAU (Antoine)

152. Un Groupe de deux Juges. A la plume. Cadre ancien.

H. 0,68. L. 0,10.

153. Etude de deux Personnages. A la sanguine, contre-épreuve.

H. 0,21. L. 0,18.

154. Jeune Femme assise. Crayon et sanguine. Cadre Louis XVI, bois sculpté et doré.

H. 0,14. L. 0,20.

WATTEAU (attribué à Ant.)

155. Etude de Draperie. — Jeune Femme et Enfant. Crayon et sanguine.

H. 0,16. L. 0,16.

ZUCCHERO (Frederic)

156. Un Concile. Bistre.

H. 0,34. L. 0,48.

157. Un Moine debout. Crayon noir et sanguine. Collection Despéret.

H. 0,29. L. 0,15.

N° 88 du Catalogue.

IMPRIMERIE

FRAZIER-SOYE

153-157, Rue Montmartre

PARIS

RED. :

20

MIRE ISO N° 1
NF Z 43-007
AFNOR
Cedex 7 - 92050 PARIS-LA-DÉFENSE

graphicom

0 1 2 3 4 5 6 7 8 9 10

BIBLIOTHEQUE
NATIONALE
DE FRANCE

****

CHATEAU
DE
SABLE
1996